U0026217

樹爺爺
與動物好朋友

AOYI BRAND DESIGN／繪圖・企劃

東販出版

在一座綠意盎然的森林裡，
遠遠地就能聽到從草地傳來歡樂的笑聲。
原來，是動物們聚在樹下玩耍、吃點心啊！

小虎貓拿著香甜的芒果，花立漉開心地啃著多汁的西瓜，
小番犬大口品嚐著他最愛的番茄。
這時一旁傳來樹爺爺的笑聲：「呵呵呵……！」
原來是樹爺爺看到他們在樹下野餐，忍不住開心地笑了。

這天，動物們又來找樹爺爺玩遊戲。
雨語蛙說：「樹爺爺我們一起玩捉迷藏，你來數123！」
樹爺爺呵呵笑著，用低沉的聲音說：
「好～好～那開始囉。1、2、3……」

雨語蛙話一說完，就馬上跳啊跳的，噗通！跳進湖裡，再露出頭來偷看。
雨語蛙看到小虎貓跳進離樹爺爺最近的草叢、
花立漉一溜煙地跑到其他樹幹的後面；
小番犬鑽進花立漉附近的草叢，
鈎鈎熊跑到樹爺爺前方的樹叢裡露出一隻耳朵。
樹爺爺數到了20，問：「大家都躲好了嗎？我要睜開眼睛囉！」
動物們異口同聲地說：「好了！」
樹爺爺笑咪咪地說：「我的每根小樹幹，都有一對小眼睛。
躲好囉，我會把你們統統找出來喔！」

動物們都好喜歡、好喜歡樹爺爺。
小虎貓常常黏在樹爺爺身邊，
不停地跟樹爺爺說話。

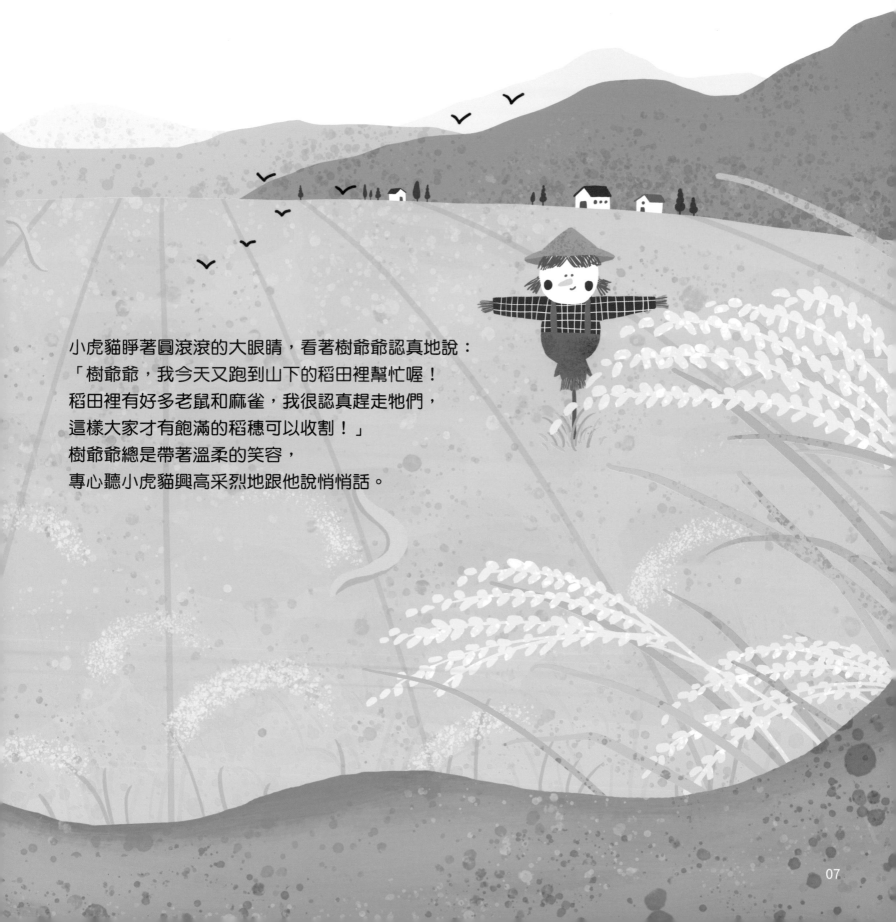

小虎貓睜著圓滾滾的大眼睛，看著樹爺爺認真地說：
「樹爺爺，我今天又跑到山下的稻田裡幫忙喔！
稻田裡有好多老鼠和麻雀，我很認真趕走牠們，
這樣大家才有飽滿的稻穗可以收割！」
樹爺爺總是帶著溫柔的笑容，
專心聽小虎貓興高采烈地跟他說悄悄話。

活潑好動的小番犬
最喜歡賴在樹爺爺的身上磨蹭，
一副好幾天沒洗澡的樣子。
另外，他也常常在樹爺爺前面表演在地上打滾，
翻過一圈又一圈，惹得樹爺爺哈哈大笑。

玩耍過後，小番犬靠近爺爺，小聲地說：
「樹爺爺，我把最愛的骨頭藏在你這裡，噓～要幫我保密喔！」
樹爺爺呵呵笑了起來，說：「好～好～好～，噓～爺爺會保密的。」
樹爺爺覺得小番犬真是既天真又可愛。

這天，鈎鈎熊採了一大堆他最愛吃的漿果，
沒想到吃到一半就靠在樹爺爺身上睡著了！
樹爺爺悄悄地說：「竟然睡著了呀！
呵呵，那我們陪鈎鈎熊一起睡午覺吧。」
雨語蛙說：「那我來唱首催眠曲吧，讓爺爺和鈎鈎熊都可以睡個好覺。」

樹爺爺回答：「好呀……呼～呼～。」
雨語蛙最喜歡唱歌給樹爺爺聽了。
很快地樹爺爺也進入了夢鄉。
森林裡靜悄悄的，
只聽到潺潺的流水聲、雨語蛙的歌聲，
還有爺爺和鉤鉤熊的打呼聲。

又有一天，動物們聚在樹爺爺的身邊。
「準備好一起演奏了嗎？」樹爺爺微笑著問。
動物們開心地說：「準備好了！」
花立漉用樹葉吹奏著歌謠，
最喜歡唱歌的雨語蛙高聲地唱和著：
「咕哇呱呱！咕哇呱呱！咕哇咕哇咕哇！」

小番犬和鉤鉤熊隨著節拍，咚！咚！地敲奏著。
小虎貓隨著音樂搖擺著身體，連樹葉也跟著迎風搖曳發出沙沙聲，
森林裡像是在舉辦音樂會般，好歡樂呀！

隔天清晨，太陽公公露出臉來。
「嘟嘟啾啾～」那是畫眉鳥婉轉悅耳的叫聲。

14

突然，森林傳出一聲尖叫！
小虎貓呼喊著：「花立漉、鉤鉤熊、
小番犬、雨語蛙你們趕快來！」
每天都會跟大家說早安的樹爺爺不見了！

花立漉、鉤鉤熊看著樹爺爺殘留的身體哭了起來：
「樹爺爺，你去那裡了？嗚嗚嗚……」
小番犬跺著腳，生氣地說：「是誰帶走了樹爺爺！是誰？！」

16

這時雨語蛙指著地上，大聲地說：
「你們看！地上有腳印，一定是他帶走了樹爺爺！」
大家聽了，紛紛湊在向來聰明的雨語蛙身邊，
問：「我們該怎麼辦？」

雨語蛙說：「讓我回家一趟，我來想想看有什麼辦法……」
可是，過了好久雨語蛙還是沒有說話。
小番犬焦急地來回踱步，嘴裡嘀咕：「到底想到了沒？」
鉤鉤熊說：「噓！不要講話，讓雨語蛙好好想嘛！」
一旁的小虎貓和花立瀧決定坐下來等。

又過了一會兒，雨語蛙才終於開口，他沮喪地說：
「呱呱！我不知道該去哪裡帶回樹爺爺，但我們一起來想辦法照顧
樹爺爺剩下的身體，讓樹爺爺重新再回來好嗎？」
大家一時間也不知道該怎麼辦，便點頭同意了這個想法。

19

於是大家你一言、我一語，七嘴八舌地討論要如何讓樹爺爺回來。
花立漉說：「我每天提水給樹爺爺喝，樹爺爺喝水就會長大！」
鉤鉤熊說：「光喝水怎麼夠呢？我去採芒草來
讓樹爺爺當棉被蓋，這樣才不會著涼！」

小虎貓小聲地說：「那雨語蛙唱歌，我來伴奏，讓樹爺爺記起我們，就會趕快回來看我們了。」

22

小番犬也說：「才不是呢，樹爺爺要營養才會長大，用我最愛的小番茄搗一搗，讓樹爺爺吃就會長得又大又強壯。」

23

動物們不再顧著玩耍了，他們每天輪流照顧樹爺爺。
春去夏來，又度過了秋天，當寒冷的冬天終於過去，
溫暖的春天又再度降臨大地。
天氣慢慢地變暖和了，大地也逐漸甦醒過來。

今天第一個跑來探望樹爺爺的是小番犬，
他發現樹爺爺好像有點不一樣⋯⋯？
他仔細一瞧，開心地大聲呼喊：
「大家快來看！樹爺爺的身體冒出嫩芽了！」

花立漉驚訝得瞪大眼睛，不敢相信眼前的變化。
小虎貓和雨語蛙也開心地看著嫩芽，
感動得說不出話來。

究竟動物們的努力和期盼，最後能成功嗎？
樹爺爺會不會回來呢？
動物們要多久才能再看見樹爺爺呢？

奧義品牌國際有限公司 AOYI BRAND DESIGN

奧義AOYI的基礎精神是創造「無限可能」。圖像是無國界的語言，擁有在地故事與精神的圖像品牌，能迸發出更大的文化力量，傳揚更多寓意深遠的故事。

灣A麻吉 Taiwanimal，以五隻可愛動物爲發想，創造出一系列的麻吉〈意旨要好朋友〉，分別是台灣黑熊（鈎鈎熊）、梅花鹿（花立漉）、台灣犬（小番犬）、諸羅樹蛙（雨語蛙）以及台灣石虎（小虎貓）。藉以可愛動物的圖像傳遞敎育、文化以及更多正面能量。

團隊簡介
企劃／周君政、楊顏寧
繪製／張瀞元、黃珈渝
設計／黃珈渝
奧義品牌國際網站 www.aoyi.tw
灣A麻吉臉書 www.facebook.com/taiwanimal/

樹爺爺
與動物好朋友
2020年1月1日初版第一刷發行

繪　　圖　AOYI BRAND DESIGN
企　　劃　AOYI BRAND DESIGN
企劃編輯　曾羽辰
美術編輯　寶元玉
發 行 人　南部裕
發 行 所　台灣東販股份有限公司
　　　　　＜地址＞台北市南京東路4段130號2F-1
　　　　　＜電話＞(02)2577-8878
　　　　　＜傳眞＞(02)2577-8896
　　　　　＜網址＞http://www.tohan.com.tw
郵撥帳號　1405049-4
法律顧問　蕭雄淋律師
總 經 銷　聯合發行股份有限公司
　　　　　＜電話＞(02)2917-8022

購買本書者，如遇缺頁或裝訂錯誤，
請寄回調換（海外地區除外）。
Printed in Taiwan

恰比（上海）文化創意有限公司
奧義品牌國際有限公司 AOYI BRAND DESIGN
700 台南市中西區西賢一街109巷1號
No.1, Ln. 109, Xixian 1st St., West Central Dist., Tainan City 700, Taiwan (R.O.C.)

© 2019 AOYI BRAND DESIGN CO.,LTD / TAIWAN TOHAN CO.,LTD.

 +886-6-2580-81 5　 +886-6-2580-831　 aoyi@aoyi.tw　 www.aoyi.tw